O Fantasma de Canterville

Oscar Wilde

adaptação de Isa Mara Lando
ilustrações de Lucia de Souza Dantas

Gerência editorial
Sâmia Rios

Edição
Mauro Aristides

Edição de texto
José Paulo Brait

Revisão
Claudia Virgilio,
Rosalina Siqueira e
Thiago Barbalho

Coordenação de arte
Maria do Céu Pires Passuello

Programação visual de capa e miolo
Aída Cassiano

editora scipione

Avenida das Nações Unidas, 7221
Pinheiros – São Paulo – SP – CEP 05425-902
Atendimento ao cliente: (0xx11) 4003-3061

www.aticascipione.com.br
atendimento@aticascipione.com.br

2017
ISBN 978-85-262-8484-5 – AL
CAE: 263589 AL
Cód. do livro CL: 738049
2.ª EDIÇÃO
5.ª impressão

Impressão e acabamento
Bartira

Traduzido e adaptado de *The Canterville Ghost: a hylo-idealistic romance*, de Oscar Wilde. In: MAINE, G. F. (Ed.). *The works of Oscar Wilde*. Londres: Collins, 1948.

Ao comprar um livro, você remunera e reconhece o trabalho do autor e de muitos outros profissionais envolvidos na produção e comercialização das obras: editores, revisores, diagramadores, ilustradores, gráficos, divulgadores, distribuidores, livreiros, entre outros.

Ajude-nos a combater a cópia ilegal! Ela gera desemprego, prejudica a difusão da cultura e encarece os livros que você compra.

Dados Internacionais de Catalogação na Publicação (CIP)
(Câmara Brasileira do Livro, SP, Brasil)

Lando, Isa Mara

O Fantasma de Canterville / Oscar Wilde; adaptação de Isa Mara Lando; ilustrações de Lucia de Souza Dantas. – São Paulo: Scipione, 2004. (Série Reencontro infantil)

1. Literatura infantojuvenil I. Wilde, Oscar, 1854--1900. II. Dantas, Lucia de Souza. III. Título. IV. Série.

04-0700   CDD-028.5

Índices para catálogo sistemático:
1. Literatura infantil   028.5
2. Literatura infantojuvenil   028.5

Sumário

A compra 4

Chegada ao castelo 6

A mancha 8

A volta da mancha 10

Passos e correntes 12

O Fantasma insultado 14

Ainda a mancha 17

A armadura.. 18

Os planos do Fantasma... 20

Outro fantasma 22

O balde de água 26

Todos contra o Fantasma 28

Virgínia encontra o Fantasma 30

A profecia 34

Virgínia sumiu!.. 36

O segredo do quartinho 40

Descanse em paz 42

As joias 44

Final da história 46

Quem foi Oscar Wilde? 48

Quem é Isa Mara Lando? 48

A compra

Era uma vez uma família americana muito prática e moderna. Mas, num belo dia de 1887, o pai – o senhor Hiram Otis – decidiu mudar-se para a Inglaterra. Imagine, a velha Inglaterra! E não só ele, claro – iriam todos, a mulher e os filhos, morar num castelo muito antigo: o castelo de Canterville.

Todos disseram ao senhor Otis que ele ia fazer um péssimo negócio. Ora, todo mundo sabia muito bem que aquele castelo era mal-assombrado!

Chegou o dia de assinar o contrato com o dono do lugar, lorde Canterville, descendente dos antigos proprietários. Antes de fechar o negócio, o lorde lhe deu um aviso sincero:

– Veja bem, senhor Otis, há muitos anos nossa família não mora mais no castelo – desde o tempo da minha tia-avó, a duquesa de Bolton. Certa noite, ela levou um susto terrível. Estava se vestindo para o jantar quando, de repente, sentiu um toque no ombro. Era a mão de um esqueleto! O medo foi tão grande que ela perdeu a razão. Enlouqueceu para sempre! Os criados também não querem mais trabalhar lá, pois à noite escutam barulhos misteriosos nos corredores e na biblioteca.

Mas o senhor Otis respondeu:

– Meu caro lorde, pois eu compro esse fantasma junto com a mobília e tudo o mais que houver no castelo. Venho de um país moderno, os Estados Unidos, onde há tudo o que o dinheiro pode comprar. Se realmente existisse um fantasma aqui na Inglaterra, fique certo de que nós o compraríamos. Seria ótimo levá-lo para o nosso país e exibi-lo num museu ou num circo.

– Senhor Otis – disse o lorde –, pode ter certeza de que o Fantasma de Canterville existe mesmo. Há séculos, desde 1584, ele faz aparições no castelo e já foi visto por muitas pessoas.

Mas o americano respondeu:

— Ora, ora... Não existem fantasmas! Isso seria contra as leis da natureza, e nem mesmo os aristocratas ingleses conseguem mudar uma lei da natureza.

— Pois muito bem – disse lorde Canterville. – Se o senhor não se incomoda de ter um fantasma em casa, vamos fechar o negócio. Mas lembre-se: eu avisei. O castelo de Canterville é mal-assombrado!

Poucas semanas depois, a família se mudaria para o castelo: o senhor Otis, sua bela esposa e os quatro filhos. O mais velho tinha o patriótico nome de Washington; depois vinha a loura Virgínia, de quinze anos e lindos olhos azuis; e, por fim, os dois gêmeos, apelidados de "Listinha" e "Estrelinha", pois estavam sempre juntos, como as listas e estrelas da bandeira americana.

Chegada ao castelo

Quando os Otis desembarcaram na estação de trem, havia uma carruagem pronta para levá-los ao castelo. Era uma linda tarde de verão, e no caminho todos se deliciaram com os passarinhos, esquilos e coelhinhos que saltavam e espiavam em meio às árvores.

Mas, quando a carruagem foi se aproximando de Canterville, o céu de repente se cobriu de nuvens escuras. Formou-se uma atmosfera pesada, e um bando de corvos passou voando no céu, em estranho silêncio.

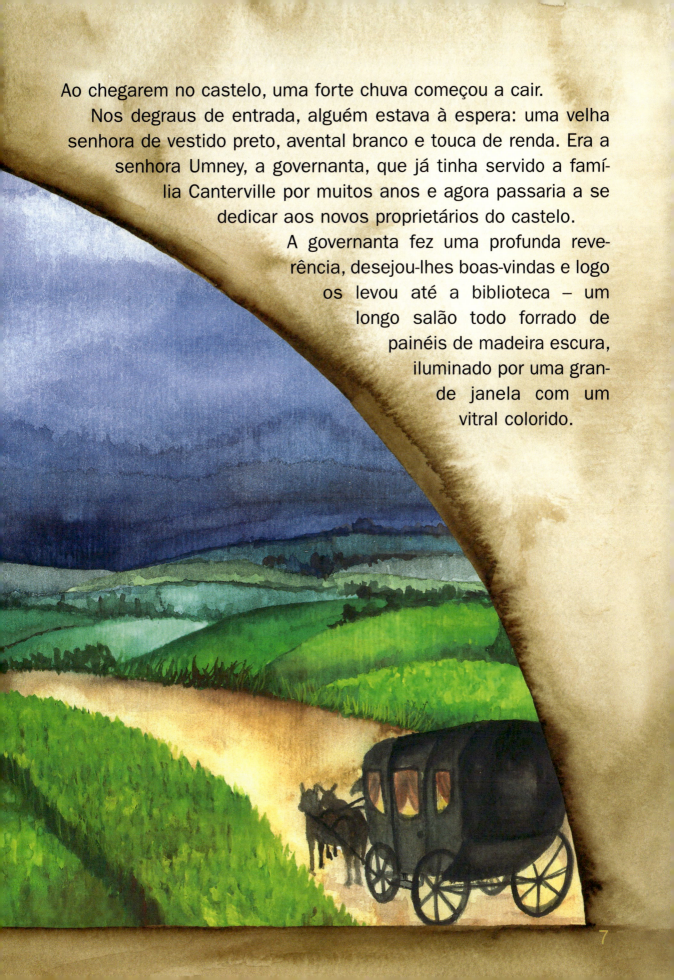

Ao chegarem no castelo, uma forte chuva começou a cair.

Nos degraus de entrada, alguém estava à espera: uma velha senhora de vestido preto, avental branco e touca de renda. Era a senhora Umney, a governanta, que já tinha servido a família Canterville por muitos anos e agora passaria a se dedicar aos novos proprietários do castelo.

A governanta fez uma profunda reverência, desejou-lhes boas-vindas e logo os levou até a biblioteca – um longo salão todo forrado de painéis de madeira escura, iluminado por uma grande janela com um vitral colorido.

A mancha

Ali os esperava uma mesa posta para o lanche. Enquanto a governanta lhes servia o chá, a senhora Otis notou uma mancha vermelha no chão, ao lado da lareira, e disse:

— Alguém deve ter derramado alguma coisa no assoalho.

Ao que a senhora Umney respondeu com voz grave:

— Sim, senhora. É sangue!

— Sangue! Que horror! – exclamou a senhora Otis. – Eu não quero saber de manchas de sangue na sala. É preciso limpar isso agora mesmo!

Mas a governanta deu um sorriso misterioso e explicou:

— É o sangue de lady Elinor Canterville. Ela foi assassinada aqui mesmo, nesta biblioteca, pelo próprio marido, sir Simon Canterville, em 1575. Depois disso ele desapareceu misteriosamente. Seu corpo nunca foi encontrado, mas o espírito, atormentado pela culpa, continua vagando por aí. É ele o fantasma que assombra este castelo. Essa mancha de sangue já foi admirada por muitos turistas, e não há nada que possa removê-la.

— Bobagem! – exclamou o jovem Washington. – Tenho aqui o Tira-Manchas Campeão, que vai acabar com ela num instante.

E, diante da governanta horrorizada, o rapaz ajoelhou-se e começou a esfregar o tira-manchas no assoalho. Em instantes, a mancha desapareceu por completo.

— Eu sabia que ia funcionar! – disse Washington, triunfante, brandindo o frasco diante dos olhares de admiração da família. – Viva o Tira-Manchas Campeão!

Nesse momento, porém, um terrível relâmpago iluminou a sala escura, seguido de um trovão fortíssimo, tão estrondoso que a governanta desmaiou de susto.

— Meu querido – disse a senhora Otis ao marido –, o que vamos fazer com uma governanta que desmaia em serviço?

O senhor Otis não teve dúvida:

– Desconte cada desmaio do ordenado dela!

Com essas palavras, a pobre senhora Umney voltou a si. Mas, ainda muito assustada, preveniu a família:

– Acreditem, já vi com meus próprios olhos coisas horríveis acontecerem neste castelo!

– Fique tranquila – disse a senhora Otis. – Nada vai acontecer.

– Não existe fantasma nenhum, senhora Umney – disse o senhor Otis. – E, se por acaso existir, nós não temos medo dele!

E assim todos deram boa-noite e foram dormir.

A volta da mancha

Durante a noite, a tempestade rugiu sem parar. Fora isso, nada mais aconteceu de extraordinário. De manhã, porém, quando a família desceu para tomar café, lá estava a sinistra mancha de sangue outra vez no mesmo lugar.

– Bem, não deve ser falha do Tira-Manchas Campeão – disse Washington. – Ele sempre funcionou. Acho que é o Fantasma mesmo.

E o rapaz voltou a esfregar o produto no assoalho. A mancha saiu, mas na manhã seguinte lá estava ela de novo.

Na terceira noite, antes de dormir, o senhor Otis trancou todas as portas e janelas da biblioteca, levando as chaves consigo para o quarto. No outro dia, mais uma vez, todos viram a mancha no mesmo lugar.

Com isso a família ficou muito interessada, e até o senhor Otis começou a achar que o Fantasma talvez existisse de verdade.

Passos e correntes

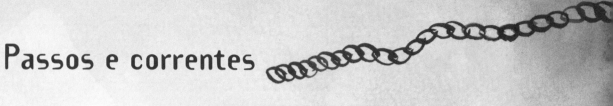

Naquela mesma noite, todas as dúvidas se esclareceram.

Durante o jantar, a conversa foi leve. Ninguém falou em manchas nem fantasmas, apenas nos passeios que haviam feito durante o dia. Às onze horas, todos foram dormir.

Perto da meia-noite, porém, o senhor Otis acordou com um estranho barulho no corredor. Pareciam passos arrastados e metal rangendo. Tirou um vidrinho da gaveta e abriu a porta.

Viu então no corredor um velho de aspecto terrível. Os olhos eram vermelhos como dois carvões em brasa; seu longo cabelo grisalho caía sobre os ombros, todo desgrenhado; usava roupas antigas, sujas e esfarrapadas, e dos pulsos e tornozelos pendiam grossas correntes, que ele arrastava pesadamente.

– Meu caro senhor – disse Otis, sem se perturbar –, é preciso lubrificar essas correntes! Experimente, por favor, o Lubrificante Sol Nascente, que eu lhe trouxe aqui. O senhor verá que tem um efeito extraordinário em correntes enferrujadas. Vou deixar o vidro junto a estas velas. Se quiser mais, é só pedir.

Colocou então o frasco em cima de uma mesinha no corredor e retirou-se para o seu quarto, fechando a porta.

O Fantasma de Canterville ficou imóvel de surpresa; mas logo, indignado, atirou o vidrinho no chão com toda a força e saiu pelo corredor dando gemidos horríveis, arrastando as correntes e emitindo uma estranha luz esverdeada. Mas quando chegou no alto da escada, uma porta se abriu e surgiram duas figurinhas de branco que lhe jogaram dois travesseiros, quase lhe atingindo a cabeça!

Vendo que não havia tempo a perder, o Fantasma decidiu escapar pela Quarta Dimensão do Espaço e desapareceu, atravessando a parede. O castelo ficou em silêncio.

O Fantasma insultado

Chegando ao seu quartinho secreto, o Fantasma tratou de recobrar o fôlego e avaliar sua situação. Nunca, na sua brilhante carreira de mais de trezentos anos, havia sido tão insultado! Passou então a relembrar seus grandes sucessos do passado – todos os duques e duquesas de Canterville a quem já havia assustado, assumindo diversas aparências – ora um esqueleto luminoso sentado calmamente numa poltrona, ora uma mão esverdeada tamborilando na vidraça da biblioteca.

O Fantasma lembrou-se com prazer de como essas damas e cavalheiros, sem falar nas criadas, governantas e mordomos, se aterrorizavam com suas aparições. Alguns enlouqueceram e outros ficaram de cama para o resto da vida. A bela lady Stutfield passou a usar uma faixa de veludo negro no pescoço para esconder a marca dos cinco dedos que lhe queimaram a pele alva, mas acabou não resistindo a essa terrível lembrança e cometeu suicídio, afogando-se no lago do jardim.

Com o entusiasmo de um verdadeiro artista, o Fantasma recordou, sorrindo, seus números mais célebres: "O Bebê Estrangulado", "O Vampiro Sanguinário". Pensou no furor que despertou ao surgir no terraço numa noite de verão, jogando boliche com seus próprios ossos.

E, depois de tudo isso, vinham aqueles americanos modernos lhe oferecer o Lubrificante Sol Nascente e atirar-lhe travesseiros na cabeça!

Era uma falta de respeito, uma ofensa! Jamais um fantasma de um velho castelo inglês foi tratado dessa maneira. Decidido a vingar-se, ficou acordado até o nascer do dia, mergulhado em seus pensamentos.

Ainda a mancha

No dia seguinte, no café da manhã, o senhor Otis, um pouco aborrecido ao ver que seu presente tinha sido recusado, disse:

— Não desejo causar nenhum mal a esse fantasma. E, considerando que ele já é da casa há tanto tempo, acho uma grande falta de educação jogar travesseiros em cima dele.

Os gêmeos riram, mas ele continuou:

— No entanto, se ele realmente se negar a usar o lubrificante, seremos obrigados a retirar suas correntes, pois é impossível dormir com essa barulheira no corredor.

O resto da semana passou sem nenhuma perturbação, exceto pela mancha de sangue no assoalho que se renovava todos os dias pela manhã. Era muito estranho mesmo, já que todas as noites as portas e janelas da biblioteca eram trancadas a chave.

A cor da mancha variava: às vezes era de um vermelho vivo, depois cor de vinho; em seguida passou a roxo e, por fim, verde-esmeralda.

A família se divertia com as mudanças de coloração e chegava a apostar qual seria a cor do dia seguinte. A única que não participava da brincadeira era Virgínia, que, por alguma razão desconhecida, sempre ficava triste com essas conversas. Quando a mancha se tornou verde-esmeralda, ela quase chorou.

A armadura

Na noite de domingo, o Fantasma apareceu pela segunda vez. Logo depois que a família foi dormir, ouviu-se uma tremenda barulheira vinda da sala. Todos se levantaram e desceram correndo. Viram então uma cena chocante: a antiga armadura que ficava num pedestal ao pé da escada estava caída no chão, toda arrebentada. E, sentado no pedestal, ninguém menos do que o Fantasma de Canterville, esfregando os joelhos com cara de dor.

Os gêmeos pegaram seus estilingues e começaram a bombardeá-lo com pedrinhas, com a pontaria certeira de quem já havia treinado muito nas costas dos professores.

O senhor Otis sacou seu revólver e, seguindo a tradição do Velho Oeste, gritou:

– Mãos ao alto!

O Fantasma levantou-se de um pulo, soltou um grito medonho e subiu a escada correndo. Ao chegar ao alto da escadaria, recuperou-se do susto e decidiu soltar sua pavorosa gargalhada, que já tinha deixado várias damas de cabelos brancos da noite para o dia. Assim, caprichou numa risada horripilante, que ecoou por longos minutos pelos corredores do castelo.

Nesse momento, a senhora Otis abriu a porta do quarto, em seu elegante vestido azul-claro, dizendo:

– Creio que o senhor não está passando bem. Tenho aqui uma garrafa do Elixir Paregórico do Dr. Dobell. Se o seu problema for indigestão, verá que é um excelente remédio.

O Fantasma olhou-a com fúria e preparou-se para se transformar num enorme cachorro negro – um dos seus números mais famosos, que fez o tio-avô de lorde Canterville perder a razão. Mas desistiu ao ouvir os passos dos gêmeos no corredor e contentou-se em ficar vagamente fosforescente, desaparecendo pela parede com um longo gemido ululante.

Chegando ao seu quartinho, o Fantasma teve uma séria crise. A grosseria dos gêmeos e o materialismo da senhora Otis muito o aborreciam. Mas o pior é que não tinha conseguido colocar sua antiga armadura, com a qual esperava assustar até mesmo aqueles americanos tão modernos. No passado, ele a tinha usado com orgulho em vários torneios de cavalaria, recebendo elogios da própria rainha. Mas agora, ao tentar vesti-la, não aguentou o enorme peso e caiu no chão, machucando os joelhos e a mão direita.

Os planos do Fantasma

Nos dias seguintes, o Fantasma passou muito mal e nem saiu do quartinho, exceto para manter a mancha de sangue em boas condições. Quando se sentiu melhor, porém, decidiu fazer uma terceira tentativa de assustar a família Otis.

Passou horas examinando os trajes em seu guarda-roupa e escolheu uma grande mortalha branca com punhos de renda, uma adaga enferrujada e um chapéu de abas caídas, enfeitado com uma pena vermelha. Esperou então a noite, quando caiu uma violenta tempestade. A chuva e o vento sacudiam todas as portas e janelas do castelo. Era bem o tipo de noite de que ele gostava.

Seu plano era o seguinte: iria até o quarto de Washington, diria algumas palavras desconexas e daria três golpes na sua própria garganta com a adaga, ao som de uma música fúnebre. Tinha especial mágoa do rapaz, pois era ele quem sempre removia a famosa mancha de sangue dos Canterville com o tal tira-manchas.

Depois de reduzir o imprudente jovem a um estado de mudo terror, iria até o quarto do casal e colocaria a mão gelada na testa da senhora Otis, murmurando em seu ouvido terríveis segredos de além-túmulo.

Em relação a Virgínia, estava em dúvida. Ela nunca o tinha ofendido e era uma pessoa doce e gentil. Alguns gemidos lançados de dentro do armário do quarto da jovem seriam suficientes. Se ela não despertasse, agarraria suas cobertas com as mãos trêmulas e crispadas.

Quanto aos gêmeos, estava decidido a dar-lhes uma boa lição. Primeiro, iria sentar-se em cima do peito deles, para que acordassem com uma sufocante sensação de pesadelo. Iria, então, postar-se entre as duas camas sob a forma de

um cadáver esverdeado e gélido. Por fim atiraria fora a mortalha e assumiria a forma do "Esqueleto Suicida", estalando os ossos muito brancos e rolando os olhos nas órbitas, até deixar os meninos paralisados de terror. Era um personagem que sempre fazia grande efeito.

Às dez e meia, ouviu a família indo para a cama. Durante algum tempo, escutou gargalhadas estrepitosas vindas do quarto dos gêmeos. Quando tudo se aquietou e o relógio bateu meia-noite, decidiu lançar-se pelo corredor.

Outro fantasma

Uma coruja se debatia contra a janela, e o vento uivava em volta do castelo como uma alma penada. Mas a família dormia tranquila, roncando, sem imaginar o que a esperava.

O Fantasma saiu devagar da parede, com passos cautelosos e um sorriso maligno no rosto. Ao deslizar pelo corredor, ouviu um chamado: mas eram apenas os uivos lamentosos de um cão, ao longe.

Murmurando estranhas maldições antigas e brandindo sua velha adaga, o Fantasma passou junto ao vitral da biblioteca, onde seu brasão de armas e o da sua esposa assassinada se desenhavam em azul e dourado.

Finalmente, chegou à passagem que conduzia ao quarto de Washington. Ali parou um instante, com o vento lhe retorcendo o longo cabelo grisalho e fazendo esvoaçar sua lúgubre mortalha branca.

Quando o relógio bateu meia-noite e quinze, soltou uma risada cavernosa e virou-se para entrar no quarto do rapaz. Mas neste momento, soltando um grito de terror, caiu para trás, escondendo o rosto lívido de susto nas mãos ossudas.

Bem na sua frente estava uma figura horripilante, imóvel e monstruosa como o pesadelo de um louco! A cabeça era redonda e calva, e o rosto, branco e balofo. Dos olhos saíam raios de luz vermelha, e a boca era um buraco de fogo, que exibia um medonho sorriso fixo. Uma vestimenta branca, semelhante à sua, recobria aquela forma grotesca. A figura trazia no peito uma placa com uma inscrição em letras antigas – certamente o relato de crimes vergonhosos. Na mão direita, empunhava uma espada de aço reluzente.

Como nunca tinha visto outro fantasma, naturalmente sentiu um medo horrível e fugiu às pressas para o seu quarto, tropeçando na longa mortalha. O pavor foi tanto que deixou cair a adaga dentro de uma das botas do senhor Otis, que estavam no corredor, e aí foi encontrada de manhã pela aterrorizada governanta.

Chegando ao seu quartinho, o Fantasma jogou-se na cama e escondeu a cara debaixo do cobertor. Mas, depois de algum tempo, recuperou o bravo espírito dos Canterville e decidiu conversar com o outro fantasma assim que clareasse o dia.

Logo que a aurora pintou de prateado as colinas ao longe, voltou ao lugar onde vira o espectro. Afinal, pensou, dois fantasmas trabalham melhor do que um só. Quem sabe, com a ajuda desse novo colega, conseguiria enfrentar os gêmeos.

Quando chegou ao local, deparou-se com uma cena assustadora. Algo devia ter acontecido ao espectro, pois já não tinha luz nos olhos, a espada lhe caíra da mão e estava recostado contra a parede numa posição estranhíssima.

Sir Simon correu para pegá-lo nos braços. No entanto, para seu grande horror, a cabeça soltou-se e rolou pelo chão. O Fantasma se viu então abraçando nada mais do que uma cortina, uma vassoura, uma abóbora oca e um facão de cozinha!

Sem compreender essa curiosa transformação, apanhou a placa do chão. À luz cinzenta da madrugada, leu estas temíveis palavras:

> *Fantasma Otis*
> *O único autêntico, original e verdadeiro.*
> *Cuidado com as imitações!*
> *Todos os outros são falsificados.*

De repente, compreendeu tudo: tinha sido vilmente enganado e ridicularizado! Seus olhos se acenderam com o antigo brilho dos Canterville. Erguendo bem para o alto as duas mãos enrugadas, proferiu um pavoroso juramento:

— Quando o galo cantar duas vezes, o sangue se derramará sobre este antigo castelo, e a Morte aqui caminhará com seus passos silenciosos!

Mal tinha terminado de jurar, quando ouviu ao longe o primeiro canto do galo. O Fantasma soltou uma longa e cavernosa gargalhada e esperou.

Horas e horas se passaram, mas por algum estranho motivo o galo não voltou a cantar. Por fim, às sete da manhã, os criados começaram a andar pelos corredores, fazendo-o desistir da vigília.

De volta ao quartinho, consultou seus antigos livros de cavalaria. Descobriu que, todas as vezes que alguém fazia aquele juramento, o galo de fato cantava pela segunda vez.

— Maldito galo! — murmurou ele. — Nos meus velhos tempos, eu o obrigaria a cantar de novo, nem que fosse encostando a espada na sua garganta!

Retirou-se então para um confortável caixão de chumbo e ali ficou até a noite.

O balde de água

No dia seguinte, o Fantasma estava exausto, com os nervos em frangalhos, assustando-se com o menor ruído. Passou cinco dias inteiros sem sair do quarto, desistindo até de conservar a mancha de sangue na biblioteca.

Se a família Otis não desejava a mancha, é porque não a merecia. Eram pessoas materialistas, vulgares, incapazes de apreciar o valor simbólico de fenômenos assim. Já as aparições eram outra história. Tinha o dever solene de irromper no corredor uma vez por semana e não havia jeito de escapar dessa obrigação.

É verdade que, em vida, tinha sido um homem muito mau, mas como fantasma era extremamente consciencioso das suas obrigações sobrenaturais. Assim sendo, nos três sábados seguintes caminhou pelo corredor à meia-noite, mas tomando todo o cuidado para não ser visto nem ouvido.

Coberto com uma grande capa de veludo negro, tirou as botas, pisando o mais leve possível. E, embora com grande relutância, passou a usar nas correntes o Lubrificante Sol Nascente, que pegou certa noite no quarto do senhor Otis enquanto a família jantava.

No início sentiu-se humilhado, mas depois acabou concluindo que era uma ótima invenção e servia muito bem aos seus propósitos.

Mesmo assim, a família continuava a molestá-lo. Ele vivia tropeçando em barbantes estendidos no corredor e, certa vez, levou um grande tombo ao escorregar num pedaço de manteiga colocado pelos gêmeos num degrau da escada. Isso o deixou tão ofendido que decidiu fazer um último esforço para afirmar sua dignidade e sua posição social, aparecendo no quarto dos garotos como o "Conde sem Cabeça".

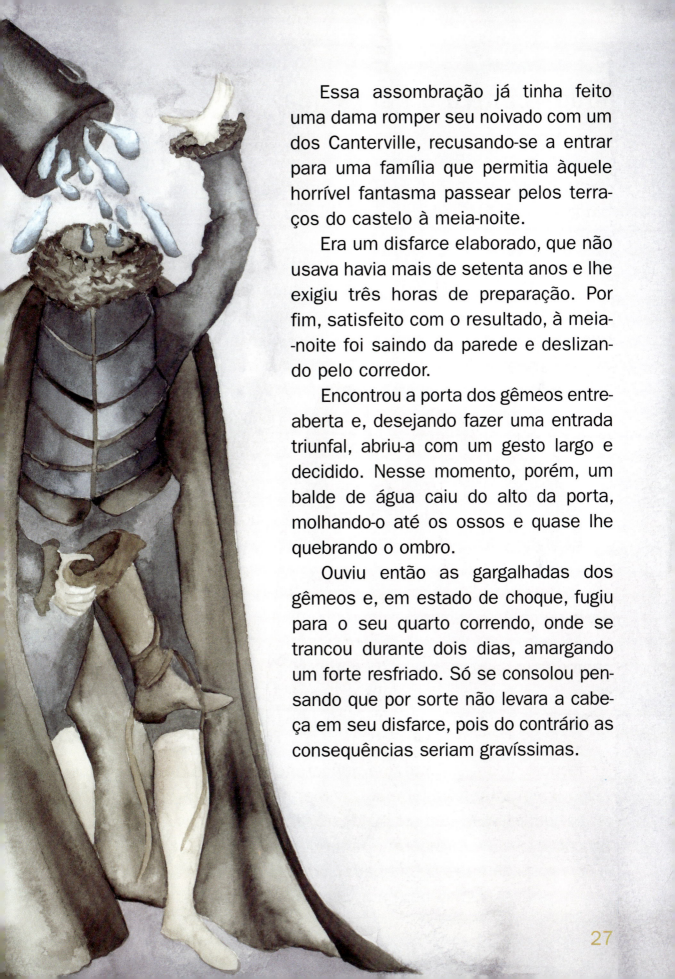

Essa assombração já tinha feito uma dama romper seu noivado com um dos Canterville, recusando-se a entrar para uma família que permitia àquele horrível fantasma passear pelos terraços do castelo à meia-noite.

Era um disfarce elaborado, que não usava havia mais de setenta anos e lhe exigiu três horas de preparação. Por fim, satisfeito com o resultado, à meia-noite foi saindo da parede e deslizando pelo corredor.

Encontrou a porta dos gêmeos entreaberta e, desejando fazer uma entrada triunfal, abriu-a com um gesto largo e decidido. Nesse momento, porém, um balde de água caiu do alto da porta, molhando-o até os ossos e quase lhe quebrando o ombro.

Ouviu então as gargalhadas dos gêmeos e, em estado de choque, fugiu para o seu quarto correndo, onde se trancou durante dois dias, amargando um forte resfriado. Só se consolou pensando que por sorte não levara a cabeça em seu disfarce, pois do contrário as consequências seriam gravíssimas.

Todos contra o Fantasma

Depois do episódio do balde de água, o Fantasma desistiu de vez de assustar aquela grosseira família americana. Contentou-se em deslizar pelos corredores de chinelo, com um grosso xale de lã no pescoço, por medo das correntes de ar, e uma pequena carabina ao ombro, para prevenir-se contra algum ataque dos gêmeos.

O golpe final veio certa noite, às duas da madrugada, quando desceu até o saguão de entrada, com a certeza de que ali não seria molestado. Tranquilo, fazia mentalmente observações sarcásticas sobre uma grande fotografia do casal Otis, que agora substituía os antigos retratos da família Canterville.

Nesse dia, o Fantasma usava uma longa mortalha, tinha o queixo atado com um pano e levava na mão uma pá e um lampião, formando o disfarce de "Jonas, o Insepulto" ou "O Ladrão de Sepulturas". Mas, quando decidiu entrar na biblioteca para ver se ainda havia algum vestígio da mancha, de repente duas figuras pularam em cima dele, abanando os braços e gritando:

– BUUU!

Tomado de pânico, correu para a escadaria, mas ali encontrou Washington à sua espera, empunhando a mangueira de jardim.

Acuado de todos os lados pelos inimigos, o Fantasma foi obrigado a desaparecer dentro do grande fogão de ferro, que felizmente estava apagado, e rastejar por dentro de canos e chaminés, chegando ao seu quarto num lamentável estado de sujeira, confusão e desespero.

Depois disso, o Fantasma nunca mais foi visto em suas expedições noturnas. Os gêmeos o esperaram diversas vezes e, para grande irritação dos pais e dos criados, espalhavam cascas de nozes pelos corredores, para ouvir os passos da criatura.

Mas nada aconteceu. Ficou claro que o Fantasma estava extremamente magoado e não iria mais aparecer.

Assim, a família retomou seus afazeres normais. O senhor Otis continuou a escrever sua História do Partido Democrata Americano, a senhora Otis organizava piqueniques e preparava deliciosos pratos, e os meninos se divertiam com tênis, pôquer e outros jogos. Virgínia passeava a cavalo, acompanhada pelo jovem Cecil, duque de Cheshire, que estava passando alguns dias de férias em Canterville. Todos tinham certeza de que o Fantasma tinha ido embora de vez.

Mas estavam enganados. O Fantasma, embora quase inválido, não tinha desistido das suas funções, especialmente agora que o jovem duque de Cheshire estava ali hospedado.

Ele se lembrava muito bem de que um tio-avô de Cecil certa vez apostou que era capaz de jogar dados com o Fantasma de Canterville. Na manhã seguinte foi encontrado caído no chão da sala de jogos, enlouquecido de terror, ainda segurando os dados nas mãos e murmurando:

– Dois, seis... Dois, seis... Dois, seis... – as únicas palavras que repetiu até o final da vida.

O Fantasma, naturalmente, estava ansioso para mostrar que continuava exercendo sua temível influência sobre a família do rapaz. Preparou-se para aparecer diante de Cecil com seu traje de "Monge Vampiro"; mas na última hora o medo que sentia dos gêmeos o impediu de deixar seu quarto. Assim, o jovem duque de cabelos cacheados dormiu tranquilo a noite toda, sonhando com Virgínia.

Virgínia encontra o Fantasma

Alguns dias depois Virgínia saiu para um longo passeio a cavalo, acompanhada de Cecil, agora seu namorado. Mas, ao passar por um espinheiro, rasgou o vestido de tal maneira que, ao voltar para casa, decidiu entrar pela porta dos fundos para que ninguém a visse.

Ao passar pelo Salão das Tapeçarias, viu a porta entreaberta e, lá dentro, alguém sentado.

Achando que fosse uma criada, entrou para lhe pedir que costurasse o vestido. Mas para sua imensa surpresa, viu que a figura era o próprio Fantasma de Canterville! Sentado junto à janela, o queixo apoiado nas mãos, contemplava as folhas de outono, douradas e vermelhas, que caíam das árvores. Sua atitude mostrava tamanha depressão que Virgínia, em vez de sair correndo e trancar-se no quarto, seguindo seu primeiro impulso, encheu-se de compaixão e decidiu consolá-lo.

Tão leves eram os passos da moça, e tão profunda a melancolia do Fantasma, que este só percebeu sua presença quando ela disse:

— Sinto muita pena do senhor, mas meus irmãos vão voltar para a escola amanhã. Se o senhor se comportar, ninguém mais irá aborrecê-lo.

— É absurdo pedir que eu me comporte! — respondeu ele, espantado, olhando a linda jovem que ousava lhe dirigir a palavra. — É meu dever andar pelos corredores à noite arrastando minhas correntes e gemendo nos buracos de fechadura. É a única razão da minha existência.

— Ora, isso não é razão para a existência de ninguém — disse Virgínia. — Além disso, o senhor sabe muito bem que em vida foi um homem muito malvado. A governanta nos contou, logo que chegamos, que o senhor matou a sua mulher.

— Bem, reconheço que sim — replicou o Fantasma com petulância. — Mas isso foi um problema de família e não é da conta de ninguém.

— Pois fique sabendo que é errado matar qualquer pessoa — disse Virgínia com ar sério.

— Ora, não me venha com lições de moral! Minha mulher era feia, não engomava direito meus punhos de renda e na cozinha era uma negação. Certa vez fui caçar no bosque de Hogley e lhe trouxe um magnífico cervo, mas ela o serviu queimado. Bem, o fato é que isso tudo já acabou, e os irmãos dela não foram nada gentis me deixando morrer de fome e de sede, mesmo considerando que eu realmente a assassinei.

— Morrer de fome? Ah, senhor Fantasma, quer dizer, sir Simon, o senhor está com fome? Tenho um sanduíche aqui na cestinha. O senhor aceita?

— Não, obrigado. Agora que sou fantasma, não como mais nada. Mas é muita bondade sua. Você é muito mais simpática do que o resto da sua família, essa gente horrível, mal-educada, vulgar e desonesta.

— Pare com isso! — gritou Virgínia, batendo o pé. — O senhor, sim, é que é horrível, mal-educado e vulgar! E, falando em honestidade, o senhor sabe muito bem quem roubou meus tubos de tinta para conservar aquela ridícula mancha de sangue na biblioteca. Primeiro levou todos os meus vermelhos, e eu não podia mais pintar o pôr do sol. Depois, tirou o verde-esmeralda e o amarelo, e agora não posso pintar mais nada, só cenas de luar em preto e branco, que são deprimentes e nada fáceis de fazer. Mas eu nunca denunciei o senhor, apesar de ter ficado muito aborrecida por causa das minhas tintas. E, aliás, tudo isso é ridículo. Onde já se viu sangue verde?

— Bem – respondeu o Fantasma, meio sem graça –, o que eu podia fazer? Hoje em dia é muito difícil conseguir sangue de verdade. E já que foi seu irmão que começou tudo, com aquele tal Tira-Manchas Campeão, achei que podia perfeitamente pegar seus tubos de tinta. Quanto às cores, é questão de gosto. Os Canterville, por exemplo, têm sangue azul. Mas sei que vocês, americanos, não ligam para essas coisas.

— O senhor não sabe de nada! O melhor que teria a fazer é mudar de país e ampliar seus horizontes. Meu pai lhe dará uma passagem grátis, com todo o prazer. Tenho certeza de que em Nova York o senhor vai fazer o maior sucesso. Conheço muita gente que pagaria uma fortuna para ter um fantasma de verdade na família.

— Não creio que eu iria gostar dos Estados Unidos.

— Ah, é? Por quê? Só porque lá nós não temos antiguidades nem ruínas?

— O que está em ruínas é a educação de vocês!

— Então, boa noite, senhor Fantasma. Vou pedir ao meu pai para deixar os gêmeos ficarem aqui mais uma semana.

— Ah, por favor, senhorita Virgínia, não se vá! Estou tão sozinho, tão infeliz, não sei o que posso fazer. Gostaria tanto de dormir, mas não consigo!

— Ora, por que não? Basta deitar na cama e apagar a vela. Às vezes é difícil ficar acordado, isso sim, principalmente na igreja, mas... dormir? Ora, até os bebês conseguem dormir!

— Pois eu não durmo há trezentos anos – disse o Fantasma, com tristeza. Virgínia, espantada, arregalou os lindos olhos azuis.

O Fantasma continuou:

— Sim, há trezentos anos que não durmo. Estou tão cansado!

Cheia de compaixão, a jovem ajoelhou-se junto a ele, fitou seu velho rosto enrugado e disse baixinho:

— Pobre Fantasma! O senhor não tem onde dormir?

— Lá longe, além do bosque de pinheiros – respondeu ele, numa voz sonhadora –, há um pequeno jardim.

Ali a relva é alta, o rouxinol canta a noite inteira, e a lua ilumina uma velha árvore, que estende seus grandes galhos protegendo os que dormem.

Virgínia, com lágrimas nos olhos, escondeu o rosto nas mãos e murmurou:

– Mas é o Jardim da Morte.

– Sim. A Morte deve ser tão bela! Deitar na terra macia, sentir a relva balançando, ouvir apenas o silêncio. Sem ontem nem amanhã. Esquecer o tempo, esquecer a vida, dormir em paz. Mas você pode me ajudar! Você pode me abrir as portas do Jardim da Morte, pois o Amor sempre estará com você, e o Amor é mais forte do que a Morte.

A profecia

Virgínia estremeceu e ficou em silêncio. Tudo aquilo lhe parecia um sonho tenebroso.

O Fantasma então lhe perguntou, com uma voz que parecia o gemido do vento:

– Você já leu a velha profecia escrita na janela da biblioteca?

– Sim, muitas vezes! Até sei de cor, escute só – e recitou:

Quando uma jovem de cabelo dourado
Transformar em oração o pecado,
Quando a velha amendoeira der nova floração
E uma doce criança chorar de compaixão,
Então o velho castelo ficará em paz
E Canterville, por fim, não sofrerá mais.

– Certo – disse o Fantasma. – É isso mesmo.

– Só que não sei exatamente o que essas palavras significam – completou Virgínia.

– Elas significam – disse ele com tristeza – que você precisa chorar pelos meus pecados, pois eu não tenho lágrimas, e rezar pela minha alma, pois eu não tenho fé. Como você é bondosa, doce e meiga, o Anjo da Morte terá pena de mim. Você verá formas sombrias e ouvirá vozes assustadoras, mas nada disso lhe fará nenhum mal. Contra a pureza de uma criança, as forças do Inferno não têm poder.

Virgínia abaixou a cabeça, sem responder. O Fantasma torcia as mãos, angustiado. De repente, ela se levantou. Com um estranho brilho nos olhos, falou, decidida:

– Eu não tenho medo. Vou pedir ao Anjo da Morte que tenha pena do senhor.

O Fantasma levantou-se, fez uma reverência à moda antiga e com gentileza beijou a mão da jovem. Seus dedos eram frios como o gelo, e seus lábios queimavam como fogo. Virgínia, porém, não fraquejou quando o Fantasma a levou pela mão até o outro lado do salão sombrio.

Na parede, via-se uma tapeçaria desbotada, com pequenos anjos tocando trombetas. Eles lhe faziam gestos com as mãozinhas, gritando:

– Pense bem, Virgínia! Volte, volte enquanto é tempo!

Mas o Fantasma apertou sua mão com mais força, e ela fechou os olhos e continuou. Animais horríveis, com rabo de lagartixa e olhos arregalados, piscavam para ela da lareira, sussurrando:

– Cuidado, Virgínia, cuidado! Talvez você não volte nunca mais!

Mas o Fantasma deslizava ainda mais rápido, e ela não lhes deu atenção. Ao chegarem diante da parede oposta, o Fantasma parou e murmurou algumas palavras incompreensíveis. Quando Virgínia abriu os olhos, viu a parede dissolver-se como uma névoa, deixando à sua frente uma escura caverna.

Um vento gelado zunia ao redor e algo lhe puxava o vestido. O Fantasma alertou:

– Depressa, depressa, senão será tarde demais!

No mesmo momento, a parede se fechou atrás deles, e o Salão das Tapeçarias ficou vazio.

Virgínia sumiu!

Dali a uns dez minutos, a governanta tocou a sineta para o jantar. Vendo que a filha não aparecia, a senhora Otis mandou um criado chamá-la. Este voltou dizendo que não a tinha encontrado em parte alguma, nem no quarto, nem nos jardins, onde ela costumava colher flores para enfeitar a mesa de jantar.

A família ficou num estado de grande agitação, procurando por ela em toda parte, dentro e fora do castelo. O jovem Cecil, duque de Cheshire, caiu numa ansiedade insuportável e saiu com o senhor Otis a cavalo para procurar pelas redondezas.

Depois de horas de busca sem conseguir nenhuma notícia, os dois voltaram cansados e desanimados. Washington e os gêmeos os esperavam à porta do castelo com um lampião aceso, também sem nenhuma informação.

Naturalmente, ninguém queria jantar. A pobre senhora Otis, fora de si de tanto medo, deitou-se no sofá, com a governanta banhando-lhe a testa com água-de-colônia.

Mesmo assim, o senhor Otis ordenou que o jantar fosse servido. Todos comeram em silêncio, mergulhados na mais profunda melancolia. Até os gêmeos estavam quietos, pois gostavam muito da irmã.

Terminada a refeição, Cecil quis continuar as buscas, mas o senhor Otis mandou todos para a cama, dizendo que aquela noite não havia mais nada a fazer. No dia seguinte, ele avisaria os detetives da Scotland Yard.

Quando todos estavam saindo da sala de jantar, o relógio da torre começou a bater meia-noite. Com a última badalada, veio um enorme estrondo e um grito agudo. Um trovão pavoroso fez estremecer o castelo, e uma música espectral veio flutuando pelos corredores.

Ouviu-se, então, um painel de madeira se abrir com um estalo ensurdecedor. No alto da escadaria, muito pálida, segurando nas mãos um pequeno estojo, estava Virgínia.

Todos correram para ela. Cecil a sufocou com beijos apaixonados. A senhora Otis a abraçou com força, dizendo:

– Minha filhinha, graças a Deus que você voltou! Nunca mais vou deixar você sair do meu lado!

– Pelo amor de Deus, minha filha, onde esteve? – perguntou o senhor Otis, zangado. – Procuramos você por toda parte, e sua mãe quase morreu de susto. Nunca mais faça uma brincadeira dessas!

– Só com o Fantasma! Só com o Fantasma! – gritaram os gêmeos, dançando uma louca dança de guerra em volta do grupo.

– Papai – disse Virgínia em voz baixa –, eu estive com o Fantasma. Agora ele está morto, e vocês precisam vê-lo. Pobre sir Simon! Em vida foi um homem cruel, mas depois se arrependeu de tudo o que fez. Antes de morrer, me deu esta caixinha de joias.

O segredo do quartinho

A família olhou-a com espanto, mas Virgínia continuava séria. Virando-se, levou-os através da passagem na parede até um corredor secreto. Washington iluminava o caminho com uma vela. Pararam diante de uma porta de carvalho, fechada com grandes pregos enferrujados.

Ao toque da jovem, a porta se abriu, rangendo nas pesadas dobradiças. Entraram então num quartinho de teto baixo, com uma janelinha gradeada. Cimentado na parede havia um grande anel de ferro e, acorrentado a ele, um esqueleto deitado no chão. Todo esticado, parecia querer agarrar com seus longos dedos ossudos um jarro de água e uma travessa de madeira com restos de comida, colocados logo além do seu alcance.

Virgínia ajoelhou-se ao lado do esqueleto e, de mãos postas, começou a rezar em silêncio. O resto da família contemplava aquela terrível tragédia secreta, que agora lhes era revelada.

– Ei! – exclamou de repente um dos gêmeos, olhando pela janelinha. – Olhem só! A velha amendoeira está toda florida! Dá para ver perfeitamente as flores brancas, à luz da lua.

– Deus perdoou o pobre sir Simon Canterville – disse Virgínia gravemente, com o rosto iluminado por uma luz interior.

– Você é um anjo! – disse o jovem Cecil, dando-lhe um terno beijo no rosto.

Descanse em paz

Quatro dias depois desses curiosos incidentes, às onze horas da noite, um pomposo funeral saiu do castelo de Canterville. A carruagem fúnebre era puxada por oito cavalos negros com penachos de pluma na cabeça. Dentro do veículo vinha o caixão, coberto por uma capa de veludo púrpura, com o brasão dos Canterville bordado em ouro.

Ao lado dos cavalos, caminhavam os criados com tochas acesas, formando um espetáculo impressionante. Seguiam-se as outras carruagens: na primeira ia Virgínia sentada ao lado de lorde Canterville, que veio de Londres especialmente para o enterro do seu antepassado.

Atrás deles, vinha outra carruagem com o senhor e a senhora Otis, depois Washington e os gêmeos e, por fim, a governanta. Como havia passado cinquenta anos da sua vida assustada pelo Fantasma, todos acharam que ela também tinha o direito de vê-lo desaparecer para sempre.

Uma sepultura tinha sido cavada no cemitério da igreja, debaixo de uma frondosa árvore de longos galhos. O serviço fúnebre foi conduzido com todas as honras. Ao terminar, os criados apagaram suas tochas, segundo um velho costume da família Canterville.

Quando o caixão baixou à terra, Virgínia colocou sobre ele uma grande cruz feita com flores brancas e rosadas da velha amendoeira. Nesse exato momento, a lua saiu de trás de uma nuvem, inundando de prata o cemitério. Não longe dali, um rouxinol começou a cantar.

A jovem lembrou-se da descrição que o Fantasma havia feito do Jardim da Morte, e seus olhos se encheram de lágrimas. No caminho de volta, ela mal conseguiu dizer algumas palavras ao seu acompanhante.

As joias

Na manhã seguinte, antes de lorde Canterville voltar para Londres, o senhor Otis teve uma séria conversa com ele a respeito das joias.

Eram peças magníficas, de alto valor, especialmente um fino colar de rubis do século XVI, em estilo veneziano.

– Não admito, de modo algum, que minha filha fique com elas – disse o senhor Otis. – As joias pertencem à família Canterville e a ela devem ser devolvidas.

Lorde Canterville não concordou:

– Meu caro senhor Otis, sua encantadora filha prestou um enorme favor ao meu infeliz antepassado, sir Simon. Minha família e eu fazemos questão de lhe dar as joias como recompensa por sua coragem e firmeza. Se eu as tomasse de volta, certamente aquele velho malvado se levantaria do túmulo para atormentar a nossa vida!

– Não, meu caro lorde – insistiu o senhor Otis. – Esses enfeites são mais apropriados aos aristocratas ingleses do que a uma família americana como a minha, educada nos princípios da mais severa simplicidade. Virgínia deseja apenas guardar o velho estojo como recordação do pobre Fantasma.

Lorde Canterville insistiu:

– Estas joias não nos pertencem, pois nunca foram mencionadas em nenhum documento da família. Sua existência nos era totalmente desconhecida. Além disso, quando Virgínia for mais velha, creio que gostará de ter belas joias para usar.

O senhor Otis, sendo homem muito correto, ficou aborrecido, mas o amável lorde Canterville não se deixou convencer e desfechou o argumento final:

– Lembre-se, senhor Otis: ao comprar o castelo, o senhor deixou claro que adquiria também o Fantasma e, portanto, tudo o que ele possuía.

Assim, alguns anos mais tarde, quando Virgínia se casou com Cecil, suas joias foram motivo de admiração geral.

Embora o senhor Otis fosse contra os títulos de nobreza, quando levou ao altar sua filha Virgínia, agora duquesa de Cheshire, não havia um homem mais feliz e orgulhoso em toda a Inglaterra.

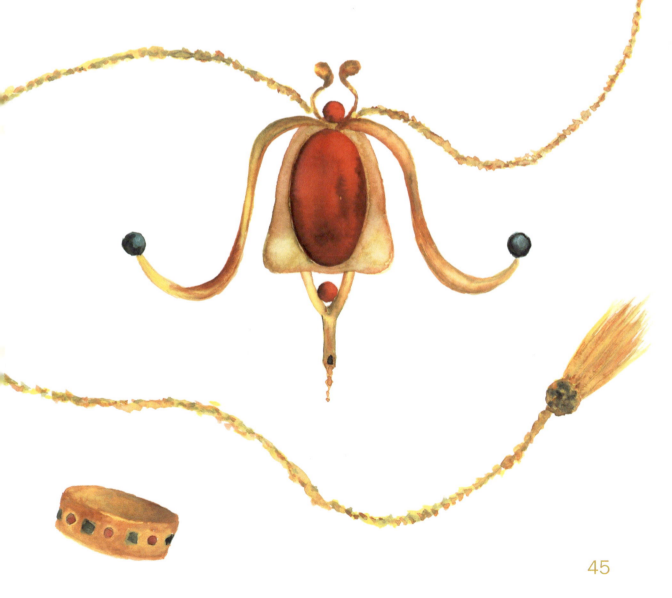

Final da história

Terminada a lua de mel, Virgínia e Cecil decidiram visitar o cemitério da igreja para prestar suas homenagens no túmulo de sir Simon, onde a família mandara inscrever os versos da janela da biblioteca.

A jovem senhora colocou um lindo buquê de rosas sobre o túmulo, e os dois ficaram em silêncio durante alguns momentos. Cecil então lhe tomou as mãos e disse:

– Virgínia, uma esposa não deve ter segredos para o marido.

– Meu querido, não tenho segredo nenhum para você.

– Tem, sim – disse ele, sorrindo. – Você nunca me contou o que aconteceu quando ficou sozinha com o Fantasma.

– Cecil! Nunca contei isso a ninguém.

– Eu sei, mas para mim você pode contar.

– Por favor, Cecil, não me pergunte. Não posso lhe contar. Pobre sir Simon! Eu lhe devo muito. É verdade, meu bem, não ria. Ele me mostrou o que é a Vida, o que significa a Morte, e por que o Amor é mais forte do que a Vida e a Morte.

Cecil beijou a esposa com ternura, murmurando:

– Pode ficar com seu segredo, desde que eu fique com o seu coração.

– Ora, Cecil, ele sempre foi seu.

– Um dia você vai contar essa história para os nossos filhos, não vai?

Virgínia enrubesceu.

Quem foi Oscar Wilde?

Um dos maiores escritores da língua inglesa, Oscar Wilde morreu há mais de cem anos, mas muitas de suas obras continuam sempre lidas e amadas no mundo inteiro. Entre elas, o impressionante romance *O Retrato de Dorian Gray* e os contos infantis que escreveu para os filhos, como *O Fantasma de Canterville*.

Apesar de sua aguda inteligência e de seu grande talento, o escritor sofreu muito. Nascido em Dublin, capital da Irlanda, em 1854, Wilde era homossexual numa época em que isso era não só uma tragédia pessoal, como também um crime punido por lei na Inglaterra, onde vivia.

Seu infortúnio começou quando teve uma ligação amorosa com um jovem aristocrata, lorde Alfred Douglas. O pai deste era muito influente e conseguiu jogá-lo na cadeia, onde o escritor passou dois anos suportando sofrimentos físicos e morais.

Depois de solto, já com a saúde abalada, Wilde foi viver na França e passou os últimos três anos de sua vida sem jamais ver os filhos. Um triste fim para alguém que compreendia tão bem a alma humana, com todas as suas contradições, e a retratava com tanta graça e ironia.

Quem é Isa Mara Lando?

Professora de inglês, tradutora e escritora, Isa Mara Lando é autora de *Vocabulando – Vocabulário Prático Inglês-Português*, e também de vários livros infantis.

Além de ler, escrever e ensinar, Isa Mara gosta muito de viajar, andar de bicicleta e conversar com os amigos.

O Fantasma de Canterville

Oscar Wilde

adaptação de Isa Mara Lando
ilustrações de Lucia de Souza Dantas

Sir Simon era um fantasma muito infeliz. Ele já não sabia o que fazer para amedrontar a família americana que veio morar no castelo de Canterville. Todos se recusavam a acreditar em aparições sobrenaturais. Ninguém tinha medo de nada. Para piorar a situação, os gêmeos Listinha e Estrelinha passaram a assustar o pobre Fantasma, divertindo-se à sua custa.

Este encarte faz parte do livro. Não pode ser vendido separadamente.

editora scipione

Os personagens

 Relacione as colunas para identificar os principais personagens de *O Fantasma de Canterville*.

(a) Sir Simon Canterville ( ) Chefe da família Otis, escreveu a *História do Partido Democrata Americano*.

(b) Lorde Canterville ( ) Duque de Cheshire, apaixonou-se por Virgínia.

(c) Senhor Hiram Otis ( ) Esposa do senhor Otis, adorava organizar festas.

(d) Senhora Otis ( ) Fantasma que assombrava o castelo de Canterville.

(e) Washington Otis ( ) Filho mais velho da família Otis.

(f) Virgínia Otis ( ) Filhos mais novos do casal Otis, estavam sempre juntos.

(g) Listinha e Estrelinha ( ) Governanta do castelo de Canterville.

(h) Cecil ( ) Último descendente de sir Simon Canterville.

(i) Senhora Umney ( ) Única filha dos Otis, dona de lindos olhos azuis.

2 Ligue o personagem ao produto que ele apresenta na história.

Washington Otis   Elixir Paregórico do Dr. Dobell

Hiram Otis   Tira-Manchas Campeão

Senhora Otis   Lubrificante Sol Nascente

3 Preencha os retângulos com o nome do personagem para quem o Fantasma planejou cada vingança.

a) Diria palavras desconexas e daria golpes de adaga na sua própria garganta, ao som de uma música fúnebre.

b) Colocaria a mão gelada sobre sua testa e murmuraria terríveis segredos de além--túmulo em seu ouvido.

c) Lançaria gemidos de dentro do armário de seu quarto.

d) Sentaria sobre o peito de cada um deles, provocando uma sufocante sensação de pesadelo.

Os lugares da história

Observe o mapa abaixo. Pinte de verde a Inglaterra e de amarelo o país onde nasceu o escritor Oscar Wilde. Depois, escreva os nomes dos dois países e de suas capitais nos lugares correspondentes. Se necessário, consulte um atlas escolar ou peça ajuda ao seu professor de Geografia.

Os fatos da história

1 Numere os parênteses para indicar corretamente a ordem cronológica dos principais acontecimentos de O *Fantasma de Canterville*.

( ) A família Otis, o duque de Cheshire, o lorde Canterville e a senhora Umney acompanham o funeral de sir Simon Canterville.

( ) Virgínia encontra-se com o Fantasma, que pede sua ajuda para descansar em paz no Jardim da Morte.

( ) Cecil casa-se com Virgínia, que se torna duquesa de Cheshire.

( ) Depois de cinco dias escondido em seu quartinho, o Fantasma de Canterville volta a assombrar o castelo. Porém, ele é atingido por um balde de água, armadilha dos gêmeos, e pega um forte resfriado.

( ) Lorde Canterville convence o senhor Otis de que as joias que o Fantasma deu a Virgínia devem ficar com a bela jovem.

( ) A família Otis muda-se para o castelo de Canterville.

( ) O Fantasma de Canterville encontra o "Fantasma Otis".

( ) O senhor Hiram Otis compra o castelo de Canterville, apesar de ser avisado de que o lugar é mal-assombrado.

( ) O Fantasma planeja uma terceira vingança contra a família Otis.

( ) Os gêmeos Listinha e Estrelinha jogam travesseiros no Fantasma, que, insultado, decide vingar-se da família Otis.

( ) O Fantasma, mais uma vez, fica chocado com o materialismo da família americana: a senhora Otis ofereceu-lhe uma garrafa do Elixir Paregórico do Dr. Dobell.

5

(   ) O senhor Otis acorda com o Fantasma arrastando correntes no corredor. Para evitar o horrível rangido, ele lhe oferece o Lubrificante Sol Nascente.

(   ) Os Otis hospedam Cecil, o jovem duque de Cheshire.

(   ) Quando os Otis descem para tomar o café da manhã, deparam-se novamente com a sinistra mancha de sangue no chão da biblioteca. Todos começam a crer que o Fantasma existe de verdade.

(   ) Virgínia mostra a todos o quartinho do Fantasma de Canterville, agora transformado em um esqueleto. Os gêmeos são os primeiros a perceber que a velha amendoeira floriu.

(   ) Quando se dão conta de que Virgínia desapareceu, a família Otis e o jovem Cecil ficam muito preocupados e começam a procurá-la.

(   ) Todos, exceto Virgínia, ficam muito excitados com as estranhas cores que a mancha de sangue da biblioteca vem adquirindo: do vermelho vivo ao verde-esmeralda.

(   ) Virgínia e Cecil visitam o túmulo de sir Simon Canterville. O jovem duque pede que a esposa lhe conte o que aconteceu quando ela ficou sozinha com o Fantasma. Ela, porém, nada diz.

(   ) Virgínia vai ao encontro do Anjo da Morte para pedir-lhe que perdoe o Fantasma de Canterville.

(   ) Para horror da senhora Umney, Washington remove a secular mancha de sangue da biblioteca com o Tira-Manchas Campeão.

Responda as perguntas para relembrar fatos importantes do livro.

a) Por que, na opinião do lorde Canterville, o senhor Otis faria um péssimo negócio se comprasse o castelo?

_____
_____

b) De quem era o sangue da mancha no piso da biblioteca?

_____
_____

c) Por que a mancha mudava de cor? Explique.

_____
_____
_____
_____

d) Descreva a aparência do Fantasma em sua primeira aparição para a família Otis.

_____
_____
_____
_____

e) Virgínia foi à Quarta Dimensão do Espaço pedir ao Anjo da Morte que perdoasse o Fantasma de Canterville, para que ele pudesse finalmente descansar em paz. Como ela soube que o pedido tinha sido atendido?

_____
_____
_____

3 Ajude o Fantasma de Canterville a encontrar o Anjo da Morte. Mas lembre-se: para que sir Simon descanse em paz, todas as etapas da profecia têm de ser cumpridas.

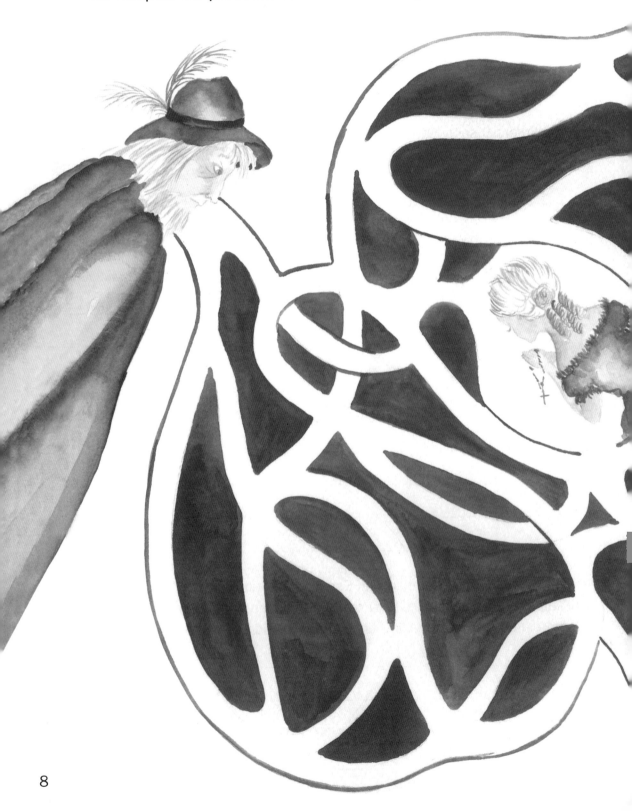

Usando a criatividade

Desenhe, nos espaços a seguir, o encontro de três vítimas com o Fantasma de Canterville de acordo com a descrição. Não deixe de escrever seus nomes nas linhas em branco.

a) Vestia-se para o jantar quando sentiu um toque de esqueleto no seu ombro.

_____

b) Assassinada pelo próprio marido, sir Simon Canterville, na biblioteca do castelo, em 1575.

_____

c) Cinco dedos lhe queimaram a pele alva do pescoço. Ela tentava esconder a marca com uma faixa de veludo negro.

_____

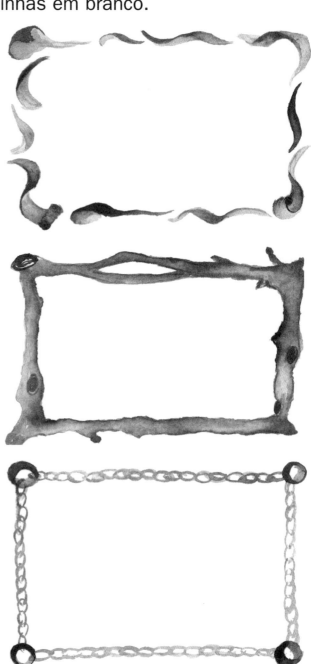

O escritor

As frases de Oscar Wilde são muito conhecidas. Leia esta: "Estou sempre pensando em mim, e espero que todos os outros façam o mesmo."

Agora, pesquise as informações necessárias na biografia do escritor, no final do livro, e também em uma enciclopédia, ou mesmo na internet, e assinale a alternativa correta.

1. Oscar Wilde nasceu em:
   ( ) Londres, Inglaterra.
   ( ) Dublin, Irlanda.
   ( ) Edimburgo, Escócia.

2. Um de seus livros mais conhecidos é:
   ( ) *O retrato de Dorian Gray*
   ( ) *O Morro dos Ventos Uivantes*
   ( ) *O corcunda de Notre-Dame*

3. Em 1884, Wilde casou-se com:
   ( ) Clara Umney
   ( ) Rebecca Dobbell
   ( ) Constance Lloyd

4. O escritor teve dois filhos, para os quais escreveu contos. Um deles foi:
   ( ) *O príncipe feliz*
   ( ) *A importância de ser prudente*
   ( ) *Salomé*

5. Oscar Wilde foi preso e cumpriu trabalhos forçados em:
   ( ) Cambridge
   ( ) Oxford
   ( ) Reading

6. O autor faleceu em 1900, na cidade de:
   ( ) Londres, Inglaterra
   ( ) Paris, França
   ( ) Roma, Itália

Luz e cor

Como o Fantasma roubou suas tintas coloridas, Virgínia só usou preto e cinza ao fazer este desenho. Devolva a alegria à cena, pintando-a com cores bem bonitas.

Um pouco de Língua Portuguesa

 Classifique os substantivos em concretos ou abstratos.

> O substantivo concreto dá nome a seres de existência própria, reais ou imaginários.
>
> O substantivo abstrato dá nomes a sentimentos, ações, estados ou qualidades.

substantivo	concreto	abstrato
biblioteca		
castelo		
família		
fantasma		
grosseria		
Inglaterra		
mancha		
materialismo		
melancolia		
mistério		
tapeçaria		
terror		
tristeza		
Virgínia		

2 Nas frases a seguir, as palavras em **negrito** são *advérbios*. Escreva nas linhas de resposta se eles são de *lugar* ou de *tempo*.

a) "**Antes** de fechar o negócio, o lorde lhe deu um aviso sincero."
___

b) "Ela foi assassinada **aqui** mesmo, nesta biblioteca…"
___

c) "Enlouqueceu para **sempre**!"
___

d) "**Jamais** um fantasma de um velho castelo inglês foi tratado dessa maneira."
___

e) "… mas o espírito, atormentado pela culpa, continua vagando por **aí**."
___

f) "O pavor foi tanto que deixou cair a adaga **dentro** de uma das botas do senhor Otis…"
___

g) "Lá **longe**, além do bosque de pinheiros."
___

h) "Seu corpo **nunca** foi encontrado…"
___

Um pouco de Inglês

Preencha os retângulos do desenho com o nome, em inglês, do que eles identificam. Consulte um dicionário português-inglês.

Você é o escritor

O que você acha que pode ter acontecido a Virgínia quando ela entrou na caverna escura atrás da parede do Salão das Tapeçarias? Use sua imaginação e escreva um texto bem legal.